LONESOME

2. LES RUFFIANS

SCÉNARIO & DESSIN
YVES SWOLFS

LE LOMBARD
BRUXELLES

Tirage limité à 2 000 exemplaires.

Conception graphique de la maquette :
Rébekah Paulovich et Éric Laurin

Première édition

D/2019/0086/332
ISBN 978-2-8036-7659-0

Dépôt légal : octobre 2019
Achevé d'imprimer en septembre 2019.
Imprimé et relié en Belgique par Lesaffre,
Rue de la Borgnette 19, 7500 Tournai.

LES ÉDITIONS DU LOMBARD
7, AVENUE PAUL-HENRI SPAAK
1060 BRUXELLES - BELGIQUE

NOM D'UN CHIEN... À L'HEURE QU'IL EST NOUS DEVRIONS GALOPER VERS LA FRONTIÈRE... TU AS ASSEZ DE LUMIÈRE, MAINTENANT ?
EUH, PRESQUE, MONSIEUR MARKHAM... POUR QUE JE PUISSE TRAVAILLER DANS DE BONNES CONDITIONS, IL FAUDRAIT QUE LE SOLEIL SOIT PLUS HAUT... MAIS TANT PIS, ESSAYONS...
...AU RISQUE D'OBTENIR DES IMAGES UN PEU SOMBRES !...
ON EN REPARLERA, DE LA QUALITÉ DE TES IMAGES, SI LES RUFFIANS NOUS TOMBENT DESSUS... AU DIABLE CE FOUTU SOLEIL !...
IL EST TEMPS D'ABRÉGER LES SOUFFRANCES DE CE PAUVRE HOMME !...
IL VIENT D'ASSISTER À L'AGONIE DE SON ÉPOUSE QUI LUI A DÉCRIT PAR LE MENU LES TURPITUDES AUXQUELLES ELLE SE LIVRAIT AVEC UN DE SES ESCLAVES... IL EST SUR LE POINT DE MOURIR DE HONTE ET DE DÉSESPOIR !
TOUT LE MONDE EN PLACE... ET N'OUBLIEZ PAS DE MASQUER VOS VISAGES.
SHSH
NE BOUGEONS PLUS !

YS L.T2 P1

YSWOIFS 17 L2 P2

JE SUIS LE MARSHAL LONGBAUGH...
...JE VIENS CHERCHER LE PRISONNIER... OÙ EST LE CRÉTIN QUI EST CENSÉ DIRIGER CE BUREAU ?...
VOUS PARLEZ DU SHERIFF ?... ON NE L'A PAS VU DEPUIS HIER, MARSHAL... ET SES ARMES NE SONT PLUS SUR LE RÂTELIER... M'EST AVIS QU'IL EST PARTI POUR L'OREGON... IL EN PARLAIT SOUVENT !...
POUR L'OREGON !...
HARPER SERA DÉÇU... MAIS TANT PIS, JE N'AI PAS LE TEMPS DE LUI COURIR APRÈS. OUVREZ LA CELLULE...
DOC, SORTEZ DE LÀ... VOTRE MÉTIER, C'EST DE SOIGNER LES HONNÊTES GENS, PAS LES ANIMAUX SAUVAGES...
VOUS DEUX AUSSI, DÉBARRASSEZ-MOI LE PLANCHER... ET VOUS QUITTEZ LA VILLE AUJOURD'HUI MÊME...
ORDRE DU MAIRE...
LE SHERIFF HANK WOODS ICI PRÉSENT ET SES ADJOINTS, QUI VOUS REMPLACENT, VEILLERONT À CE QUE VOUS NE REMETTIEZ JAMAIS LES PIEDS À HOLTON...
HORS DE MA VUE...
QUANT À TOI, LE DANGER PUBLIC, JE SUIS CHARGÉ DE TE CONDUIRE À LAWRENCE, OÙ TU SERAS JUGÉ ET PENDU...
...ET TU AS INTÉRÊT À FAIRE PROFIL BAS... SI JE TE RAMÈNE À L'ÉTAT DE VIANDE FROIDE, PERSONNE N'Y VERRA D'INCONVÉNIENTS... PRÉPARE-TOI POUR TON DERNIER VOYAGE...
YS 17 L2 P3

* VOIR "LA PISTE DU PRÊCHEUR".

YSWOIFS 17 L2 P4

Y5wolfs 18 L2P5

HHR... NON...
BAOW
BRAVO!...
SHERIFF ?!
VOUS ÉTIEZ OBLIGÉ DE L'ABATTRE... IL VOUS AURAIT POURSUIVI JUSQU'EN ENFER...
VOUS ME SAUVEZ LA MISE POUR LA DEUXIÈME FOIS*... MERCI...
PAS DE QUOI... C'ÉTAIT L'OCCASION DE RATTRAPER DEUX ANS DE LÂCHETÉ ET D'AVEUGLEMENT...
...ET VOUS POUVEZ M'APPELER ABEL... J'AI JETÉ MON ÉTOILE AU RUISSEAU !...
J'ÉTAIS CERTAIN QUE HARPER DONNERAIT L'ORDRE DE VOUS ÉLIMINER... JE VOUS AI SUIVIS DEPUIS LES ENVIRONS DE HOLTON...
* VOIR "LA PISTE DU PRÊCHEUR".
Y SWOLFS 18 T2 P6

JE VOUS RENDS VOS COLTS ET LA CARABINE... TRÈS EFFICACE... JE L'AURAIS BIEN GARDÉE, MAIS JE CROIS QUE VOUS EN AUREZ PLUS L'USAGE QUE MOI !...
CECI DIT, À VOTRE PLACE, JE NE JOUERAIS PAS TROP AVEC MA CHANCE !...
JE PARS POUR L'OREGON ET LUCY M'ACCOMPAGNE... VOUS LUI AVIEZ CONSEILLÉ DE PRENDRE LE LARGE ET ELLE VOUS A PRIS AU MOT !.. VOUS LUI AVEZ FAIT FORTE IMPRESSION !...
JE L'AI ENVOYÉE À QUELQUES MILES D'ICI, DANS UNE FERME OÙ ELLE A CONDUIT MON CHARIOT... ELLE NOUS ATTEND AVEC IMPATIENCE !
ELLE VOUS ATTEND, ABEL...
LE MARSHAL DOIT PORTER SUR LUI UNE LIASSE DE MILLE DOLLARS... LE PRIX QUE HARPER L'A PAYÉ POUR ME DESCENDRE... PRENEZ-LES POUR LUCY ET VOUS... ET VEILLEZ SUR ELLE...
MAIS BON SANG, POURQUOI S'OBSTINER À TRAQUER CETTE ORDURE ?!
LAISSEZ-LE PATAUGER DANS LA FANGE, AVEC HARPER ET LES AUTRES... FAITES COMME MOI, OFFREZ-VOUS UN NOUVEAU DÉPART, DANS UN PAYS NEUF OÙ L'OR NOUS ATTEND AU FOND DES RIVIÈRES...
YSWOIFS 18 L2 P7
...OÙ LES FORÊTS, LES CHEVAUX SAUVAGES, LES PRAIRIES VIERGES N'ATTENDENT QUE NOUS... ET LE RANCH QUE JE RÊVE D'Y CONSTRUIRE !...
JE VOUS SOUHAITE DE RÉALISER CE RÊVE ET DE TROUVER LA PAIX... MAIS EN CE QUI ME CONCERNE...
...JE N'Y AI PAS DROIT !...

"D'après Harper, le prêcheur avait choisi Atchison, un patelin proche de la frontière, comme point de départ pour ses prochaines expéditions dans le Missouri..."
"...mais l'information datait d'une semaine et il m'en faudrait sans doute autant pour rattraper Markham et ses tueurs... à condition de retrouver leur trace..."
"...à moins d'un coup de pouce du destin !..."
"Comme ce groupe d'esclaves évadés d'une plantation..."
"Dès qu'ils furent certains de ne pas être ramenés d'où ils venaient par un chasseur de primes, ils m'expliquèrent comment un groupe d'hommes armés les avait libérés..."
"...et avait massacré leur maître et sa famille qui, d'après les esclaves, ne méritaient pas un sort aussi cruel !..."
"Ils avaient marché pendant deux nuits pour atteindre le Kansas..."
"Il me suffisait de remonter leur piste pour découvrir les dernières atrocités du prêcheur et de sa horde..."

* VOIR "LA PISTE DU PRÊCHEUR".

On suit les traces de ces salopards d'abolitionnistes qui libèrent les esclaves et massacrent leurs propriétaires... C'est la troisième exploitation qu'ils saccagent...
...On ne compte pas les laisser mettre le feu à tout l'ouest du Missouri... Et toi ?...
Dis-moi ce que tu fiches là... Tu admires le spectacle ?...
Je les piste, moi aussi... Depuis le Kansas...
Tu viens du Kansas ?...
Ça plaide pas en ta faveur... Qui me dit que tu ne t'apprêtais pas à les rejoindre ?!
P't-êt' bien que t'as juste du retard sur le reste de la bande ?...
J'ai un compte à régler avec le fou furieux qui les commande !...
Ce tueur est responsable du massacre d'une dizaine de familles isolées, de l'autre côté de la frontière... En laissant des indices pour faire porter le chapeau aux "Ruffians"...
Les Ruffians ? Ça tombe bien...
T'en as une belle brochette devant toi !
Et ici, au Missouri, on ne fait pas dans la demi-mesure... T'es avec nous ou contre nous...
Si t'as un peu de cervelle, tu nous accompagnes sans qu'on soit obligés de te forcer la main...
OK, je vous suis... Et question cervelle, pour l'instant, je ne vois personne qui puisse me faire de l'ombre !
Y. Swolfs L2 P10

TU TE VANTES D'AVOIR LA TÊTE BIEN REMPLIE, MAIS SI T'AS BIEN OBSERVÉ LES TRACES, ILS SONT AU MOINS UNE QUINZAINE... SI T'AS VRAIMENT UN COMPTE À RÉGLER AVEC CES FUMIERS, T'Y ARRIVERAS PAS TOUT SEUL !...
MÊME À SEPT, ON S'Y RISQUERAIT PAS... EN PLUS, J'AI DES ORDRES... JE DOIS PRÉVENIR FRANK SI ON TIENT UNE PISTE...
...IL VEUT ÊTRE DE LA PARTIE... IL EN FAIT UNE AFFAIRE PERSONNELLE !...
CES SALOPARDS ONT MASSACRÉ UN DE SES COUSINS ET TOUTE SA FAMILLE... ET TOI, T'AURAS QU'À PARTICIPER À LA TRAQUE POUR PROUVER TA BONNE FOI... AU FAIT, T'AS UN NOM ?...
CELUI QUE M'ONT DONNÉ LES OSAGES. IL NE TE DIRA RIEN...
QUOI ?... T'AS DES AMIS CHEZ LES PEAUX-ROUGES ? JE LES METS DANS LE MÊME SAC QUE LES NÉGROS... SAUF QU'EUX AU MOINS, ILS SERVENT À QUELQUE CHOSE !... ALORS QUE CES SAUVAGES...
PTOUH !
J'AI SURVÉCU GRÂCE À EUX...
ÇA VEUT RIEN DIRE... JE CROIS PAS QU'UN TYPE QUI FRAIE AVEC CETTE RACAILLE D'EMPLUMÉS TROUVE SA PLACE DANS NOS RANGS... MAIS C'EST FRANK QUI JUGERA SI TU PEUX NOUS ÊTRE UTILE POUR COINCER CES FUMIERS DU KANSAS !...
QUI EST FRANK ?...
FRANK JAMES... UN TYPE FUTÉ QUI SAIT LIRE ET QUI PARLE COMME UN AVOCAT... LE GÉNÉRAL PRICE L'A DÉSIGNÉ POUR COMMANDER NOTRE "MILICE", COMME IL DIT.
"C'EST CHEZ PRICE QU'ON DOIT LE REJOINDRE..."
...FRANK ET SES GARS LOGENT DANS L'AUTRE BÂTIMENT PRÈS DES ÉCURIES...
YSWOIFS 18 L2 P11

Il semble que nous traquions la même "bête immonde", mister!
On peut le dire comme ça!...
Frank... on a trouvé des traces... à moins d'une nuit à cheval d'ici!...
Elles dataient d'une journée au moins... ça leur fait une sacrée avance... si ça tombe, ils sont déjà à l'abri au Kansas!...
Ils ne seront jamais à l'abri!... Pas après avoir massacré un de mes cousins et sa famille! Nous irons les chercher!...
Et vous, mister, puisque vous pistez cette horde depuis longtemps...
Voyez ceci.
Reconnaissez-vous l'homme que vous cherchez?
D'après la description que m'en a faite un survivant, il est grand, chauve, barbu et habillé de noir... Malgré les foulards sur leurs visages, je parie que celui qui tient le sabre doit être Markham. Je ne l'ai jamais rencontré, mais...
...comme vous, j'ai vu ce dont il est capable et je compte bien l'envoyer en enfer!
Cet homme déposait des photographies comme celle-ci dans les boîtes aux lettres des grands journaux de l'État...
Des sympathisants de notre cause, l'ont intercepté à Saint-Louis!...
Nous le retrouverons bientôt... je détiens un très bon atout!...
Yswolfs 18 L2 P12

LES PHOTOGRAPHIES DEVAIENT SERVIR À ATTISER LA HAINE ET LA CRAINTE DE LA POPULATION DU MISSOURI À L'ÉGARD DES ABOLITIONNISTES...
UNE BONNE PART DES GENS DE NOTRE ÉTAT HÉSITENT ENCORE À VOTER POUR LES PARTISANS DE LA SÉCESSION !...
ET RIEN DE TEL QUE LA TERREUR POUR OBTENIR UN VOTE ANIMÉ PAR L'ESPRIT DE REVANCHE... PARADOXALEMENT...
...L'OBJECTIF DE CES TUEURS EST ASSEZ PROCHE DU NÔTRE !...
IL N'EMPÊCHE QUE J'ANÉANTIRAI CETTE HORDE... MALGRÉ QUELQUES COUPS BIEN ASSÉNÉS, CET ABRUTI REFUSE TOUJOURS DE NOUS INDIQUER L'ENDROIT OÙ IL DEVAIT RETROUVER CEUX QUI LUI ONT CONFIÉ SA SALE BESOGNE... JE VAIS DONC LE LAISSER À CALEB...
IL S'EST FAIT UNE SPÉCIALITÉ D'OBTENIR LA CONFESSION DES PLUS TÊTUS !
COMPTE SUR MOI, FRANK.
T'ENTENDS ÇA, FUMIER !... MÊME LES PLUS CORIACES FINISSENT PAR APPELER LEUR MÈRE QUAND JE M'OCCUPE D'EUX SÉRIEUSEMENT !...
JUSTE UNE CHOSE...
...JE CONNAIS BIEN LE KANSAS... JE PEUX VOUS AIDER À LES RETROUVER...
...MAIS J'AI PAS MAL DE QUESTIONS À POSER À MARKHAM... IL ME LE FAUT EN ÉTAT DE PARLER !...
NAVRÉ, MISTER... MAIS APRÈS LES EXACTIONS AUXQUELLES ILS SE SONT LIVRÉS, CES FANATIQUES SAVENT CE QUI LES ATTEND S'ILS TOMBENT AUX MAINS DE MES HOMMES !
JE DOUTE QUE L'UN D'ENTRE EUX SE LAISSE PRENDRE VIVANT !
IL EST DONC HORS DE QUESTION QUE JE SACRIFIE UNE PART DE MES EFFECTIFS POUR TENTER DE FAIRE DES PRISONNIERS !...
CALEB, TU T'OCCUPERAS DE LUI DÉLIER LA LANGUE APRÈS LE DISCOURS DU GÉNÉRAL... PRICE ADORE LES DISCOURS...
...IL N'APPRÉCIERAIT PAS D'ÊTRE INTERROMPU PAR LES HURLEMENTS DE CE CRÉTIN...
VOUS VENEZ AUSSI, MISTER... UN SEUL GARDE SUFFIRA POUR SURVEILLER LE PRISONNIER !...
YSWOLFS 18 L2 P13

YSWOLFS L2 P14

(1) AUTHENTIQUE : THÈSE DES POLITICIENS CONFÉDÉRÉS.
(2) ÉLÉMENT ÉCONOMIQUE PRINCIPAL OPPOSANT LE NORD ET LE SUD.

(1) AUTHENTIQUE... THÈSE DE L'ARISTOCRATIE SUDISTE.

ET MALGRÉ LES RÉTICENCES DE QUELQUES DÉPUTÉS VÉREUX, SENSIBLES AUX THÈSES NORDISTES, L'ARKANSAS ET NOTRE MISSOURI NE TARDERONT PAS À AJOUTER LEUR ÉTOILE À L'ÉTENDARD...
??
BLAM BLAM
FRANK... LE PRISONNIER S'EST ÉCHAPPÉ!
CE TYPE DU KANSAS QU'ON A RAMENÉ... IL A DESCENDU LE GARDE... ILS ONT VOLÉ DES CHEVAUX!...
DAMN... EN SELLE, VITE... ET JE LES VEUX VIVANTS ET EN ÉTAT DE PARLER!
FRANK... CES BÂTARDS REPRENDRONT FORCÉMENT LE CHEMIN PAR LEQUEL ON LES A AMENÉS...
JE CONNAIS BIEN LE COIN... ON VA LEUR TOMBER DESSUS À QUELQUES MILES D'ICI!...
SUIVEZ-MOI!!
TOUTE CETTE AGITATION POUR UNE AFFAIRE QUI NE CONCERNE QUE FRANK ET SON DÉSIR DE VENGEANCE PERSONNELLE!... IL FINIRA PAR METTRE EN DANGER CETTE MILICE ENCORE BIEN TROP MAIGRE...
...CETTE BANDE DE FRONTS BAS AUXQUELS JE TENTE DÉSESPÉRÉMENT D'INSUFFLER UN DÉBUT DE CONSCIENCE POLITIQUE...
VENEZ, LIEUTENANT... JE VOUS OFFRE UN COGNAC...

JE NE SAIS PAS POURQUOI TU M'AS LIBÉRÉ, MAIS NE TE FAIS PAS D'ILLUSIONS...
... SI C'EST UNE RUSE DE TES AMIS RUFFIANS POUR QUE JE TE CONDUISE TOUT DROIT CHEZ MARKHAM, TU PEUX TE BROSSER !...
TANT QUE TU ME COLLERAS AU TRAIN, JE TE FERAI VISITER TOUT LE KANSAS, MAIS J'IRAI PAS AU LIEU DE RALLIEMENT... AUTANT ME DESCENDRE TOUT DE SUITE!
C'EST PAS L'ENVIE QUI MANQUE! MAIS JE T'AI LIBÉRÉ AVANT QUE CES ENRAGÉS NE TE FASSENT PARLER... IL FAUT QUE JE TROUVE LE PRÊCHEUR AVANT EUX!
EH BEN, FAIS UNE CROIX DESSUS, ASSHOLE... JE FAIS PARTIE DE SA BANDE DEPUIS LE DÉBUT ET PERSONNE NE METTRA LA MAIN SUR MARKHAM À CAUSE DE MOI...
JAMAIS!
LES CHEVAUX...
BAOW
BLA-AM
HEY!
YSWOIES 18 L2 P17

YSWOLFS 18 L2 P18

DONNE-MOI LE LIEU DE RENDEZ-VOUS... DÉPÊCHE-TOI !
VA AU DIABLE, SON OF A...
TU VOIS L'ENDROIT ? N'ARRÊTE PAS D'Y PENSER...
GARNETT GRAND HOTEL
GARNETT GRAND HOTEL
LE GRAND HÔTEL DE GARNETT... C'EST LÀ QUE TU DOIS LES REJOINDRE ?!
HEY... COMMENT T'AS FAIT POUR DEVINER ?...
PUISQUE TU SAIS, LAISSE-MOI FILER...
NAVRÉ... CESSE DE TE DÉBATTRE, JE VAIS T'ÉPARGNER UNE MORT LENTE ET DES HEURES DE SOUFFRANCES...
HÉÉ ?! NOON...
LÂCHE CE COUTEAU !...
...OU JE TE METS UNE BALLE DANS LA JAMBE... ÇA T'EMPÊCHERA DE COURIR MAIS PAS DE RACONTER TA VIE !
YSWOIFS 18 L2 P19

* VOIR "LA PISTE DU PRÊCHEUR".

CALEB, FAIS PARLER CE FANATIQUE PENDANT QUE J'EMMÈNE L'AUTRE CHEZ LE GÉNÉRAL... JE VEUX DES RÉPONSES CETTE NUIT !...
TU LES AURAS, FRANK... ÇA NE PRENDRA PAS LONGTEMPS !...
JE VOIS... HM... INTÉRESSANT !...
IL EST HEUREUX QUE VOUS AYEZ RATTRAPÉ CET INDIVIDU, FRANK ! COMMENT A-T-IL PU LIBÉRER VOTRE PRISONNIER AU NEZ ET À LA BARBE DE VOS HOMMES ?...
VOTRE DISCOURS NÉCESSITAIT TOUTE LEUR ATTENTION, GÉNÉRAL !...
EUH... CERTES... MAIS QUANT À MANQUER À CE POINT DE VIGILANCE !... MA CHÈRE, JE DOUTE QUE LA DISCUSSION QUI VA SUIVRE SOIT D'UN GRAND INTÉRÊT EN CE QUI VOUS CONCERNE...
TRÈS JUSTE, DARLING !
JE VOUS ABANDONNE AVEC PLAISIR À VOS SOMBRES PRÉOCCUPATIONS... ELLES NE TARDERAIENT PAS À ME FAIRE MOURIR D'ENNUI... OU PIRE ENCORE...
...À M'INFLIGER UNE SACRÉE MIGRAINE !...
??
VOTRE NOM ET CELUI DE CERTAINS DE NOS AMIS FIGURENT DANS CE CARNET !...
JE M'EN CHARGE, FRANK, JE SAIS QUE VOTRE PRIORITÉ EST D'EN FINIR AVEC CETTE HORDE D'ABOLITIONNISTES...
YSWOIFS18 L2P21

* VOIR "LA PISTE DU PRÊCHEUR".

AYAAAHAHAR...
AH, FRANK, TU TOMBES BIEN !
CES ABOLITIONNISTES SONT DE VRAIES MAUVIETTES ! JE L'AI À PEINE CHATOUILLÉ ET IL ME RACONTE DÉJÀ SA VIE !...
HGGH...
IL DEVAIT REJOINDRE LES AUTRES DANS UN PATELIN DU KANSAS, GARNETT... C'EST À QUARANTE MILES APRÈS LA FRONTIÈRE... PARAÎT QU'ILS COMPTENT RALLIER LA MILICE DE JIM LANE...
ALORS, POURQUOI TU CONTINUES À LE FAIRE HURLER ?
PARCE QUE C'EST UNE SALOPERIE DE LIBÉRATEUR D'ESCLAVES...
... JE LUI DONNE UN APERÇU DE CE QU'IL SUBIRA À MON RETOUR S'IL M'A RACONTÉ DES BOBARDS !...
ET TU NE RATES JAMAIS UNE OCCASION DE FAIRE DU ZÈLE, SURTOUT !...
PRÉPAREZ LES CHEVAUX... ET TOUT CE QU'IL FAUT POUR UNE EXPÉDITION PUNITIVE AU KANSAS...
VOTRE HISTOIRE DE VENGEANCE EST PASSIONNANTE... MAIS JE N'Y CROIS PAS UN SEUL INSTANT.
NOUS SAVONS QU'UN BON NOMBRE D'ESPIONS ENVOYÉS PAR LINCOLN S'ACTIVENT DÉJÀ DANS NOS ÉTATS DU SUD ALORS QUE LA GUERRE N'EST PAS ENCORE DÉCLARÉE... JE NE PRENDRAI PAS LE RISQUE D'EN RELÂCHER UN DANS LA NATURE.
FRANK ET SES HOMMES SE CHARGERONT DE CE FAMEUX PRÊCHEUR... ILS NE REVIENDRONT QUE DANS DEUX OU TROIS JOURS... C'EST LE TEMPS DE RÉFLEXION QUE JE VOUS ACCORDE... MAIS SI VOUS REFUSEZ TOUJOURS DE ME PARLER DE VOTRE VÉRITABLE MISSION...
YSWOIFS 18 L2P23

...JE VOUS LIVRERAI À CES HOMMES DONT, EN TANT QU'OFFICIER, JE N'APPROUVE PAS LES MÉTHODES BARBARES, MÊME SI UN ÉTAT CIVILISÉ A PARFOIS BESOIN DE CES INDIVIDUS CRUELS POUR DÉFENDRE SES VALEURS!...
COMME CEUX QUI ONT MASSACRÉ LES CHEROKEES?!
JE N'AI PAS LE TEMPS DE PARLER DE POLITIQUE INDIENNE AVEC VOUS!
PAR CONTRE, JE VAIS VOUS OFFRIR UN PETIT SÉJOUR PROPICE À LA RÉFLEXION!...
"...DANS LA CAGE RÉSERVÉE AUX ESCLAVES RÉCALCITRANTS..."
"FAITES-MOI PRÉVENIR S'IL VOUS VENAIT L'ENVIE DE VOUS CONFESSER!"
DAMN... ILS METTRONT MARKHAM SIX PIEDS SOUS TERRE...
AVEC LES RÉPONSES À MES QUESTIONS!
YARRH!
YIIHAA!
IL SEMBLE QUE CE PRISONNIER AVEC QUI VOUS VOUS ÊTES ENTRETENU LONGUEMENT VOUS DONNE BIEN DU SOUCI, DARLING!...
JE SAIS QUE VOUS RÉPUGNEZ À ME PARLER DE VOS ACTIVITÉS POLITIQUES... MAIS JE M'APPLIQUERAI AVEC PLAISIR À VOUS FAIRE OUBLIER CES MAUDITS TRACAS PENDANT QUELQUES HEURES...
...VOUS DORMIREZ MIEUX...
J'AURAI BESOIN D'UNE BONNE NUIT DE SOMMEIL, C'EST CLAIR. MAIS SEUL! JE PARTIRAI À SAINT-LOUIS DEMAIN MATIN, POUR ENVOYER DU COURRIER URGENT À NEW YORK ET À ATLANTA...
AH, BIEN... DOMMAGE!...
MAIS DANS CE CAS, DARLING, JE VOUS CONSEILLE CETTE POTION À BASE DE LAUDANUM QUI VOUS FAIT RONFLER LA NUIT ENTIÈRE! VOULEZ-VOUS QUE JE LA PRÉPARE?...
JE CROIS QUE J'EN AURAI BESOIN, OUI...
YSWOIFS 18 L2P24

CROIS-MOI, "SUCKER", À FORCE DE RESTER DANS CETTE POSITION SANS TROP POUVOIR BOUGER LES JAMBES, TU COMMENCERAS À SOUFFRIR AVANT L'AUBE... TU NE SUPPORTERAS PLUS L'IMMOBILITÉ!
JE ME SOUVIENS D'UN ESCLAVE RÉVOLTÉ... UNE VRAIE TÊTE DE BOIS... TOUJOURS PRÊT À S'ÉVADER... AU BOUT DE TROIS JOURS, CE FOUTU MORICAUD SUPPLIAIT POUR QU'ON LE SORTE DE LA CAGE... IL DEVENAIT DINGUE... APRÈS, IL N'A PLUS JAMAIS FAIT LE MALIN!...
LE GÉNÉRAL SAIT TRÈS BIEN QUE DEMAIN SOIR, TU SERAS PRÊT À VENDRE PÈRE ET MÈRE POUR QU'ON TE PERMETTE DE TENIR DEBOUT!
BAMBAM
OH, ÇA VA... JE SUIS PAS SOURD... J'ARRIVE!...
BAMBAM
DAN, C'EST TOI? TU VIENS POUR LA RELÈVE?
NON, PATRON... C'EST LA SOUPE POUR VOUS ET L'PRISONNIER. LE MAÎT' M'A DIT D'VOUS PORTER UNE AUT' BOUTEILLE, AUSSI!
EH BEN, VU L'HEURE QU'IL EST, T'AS DÛ PAS MAL TRAÎNER EN ROUTE!... J'OUVRE...
?!!
HOARG!
RGGHL...
YSWOLFS 18 L2 P25

..UN COUP DANS LA CAROTIDE... IL MOURRA EXSANGUE EN QUELQUES MINUTES !
IMPRESSIONNANT...
UN GESTE QUI DEMANDE PAS MAL D'ENTRAÎNEMENT !!!
C'EST UN MÉTIER...ET IL CONSISTE AUSSI À ÉCOUTER AUX PORTES!... VOTRE CONVERSATION AVEC LE GÉNÉRAL M'A PARU DU PLUS GRAND INTÉRÊT!...
CE CHER PRICE DORT... ASSOMMÉ PAR LE LAUDANUM... J'EN AI PROFITÉ POUR NOTER CE QUI POUVAIT M'ÊTRE UTILE DANS CE FAMEUX CARNET QUI M'A FOURNI SUFFISAMMENT D'INFORMATIONS POUR QUE JE PUISSE QUITTER CE NID D'ESCLAVAGISTES.
MAIS, COMME PRICE, JE DOUTE QUE CETTE MINE DE RENSEIGNEMENTS SOIT TOMBÉE ENTRE VOS MAINS PAR HASARD!
DAMN... VOUS AUSSI VOUS TROUVEZ QUE J'AI UNE TÊTE D'ESPION ?
J'HÉSITE... TOUT L'ART CONSISTE À NE PAS EN AVOIR L'AIR! MAIS NOUS NE TRAVAILLONS PAS POUR LA MÊME ORGANISATION... VOUS N'AVEZ PAS RÉPONDU À MON SIGNE DE RECONNAISSANCE DANS LE BUREAU DE PRICE!...
QUEL SIGNE ?...
VOUS ME PRENEZ POUR UNE DÉBUTANTE ?...
EN DÉFINITIVE, IL ME RESTE DEUX OPTIONS...
CLAC
...VOUS RÉDUIRE IMMÉDIATEMENT AU SILENCE, PAR MESURE DE SÉCURITÉ POUR MOI ET D'AUTRES COLLÈGUES ÉVENTUELS...
..OU PRENDRE LE RISQUE DE VOUS LIBÉRER.. EN ESPÉRANT QUE VOUS NE RETOMBIEZ PAS ENTRE LES MAINS DE CES "RUFFIANS" !
J'AI UN FAIBLE POUR LA DEUXIÈME SOLUTION !...
DIEU SAIT POURQUOI, MOI AUSSI !
YSWOIFS 18 L2 P26

VOUS M'AVEZ SAUVÉ LA MISE... ET POUR TOUT DIRE, JE SAVAIS QUE VOUS NE JOUERIEZ PAS DE CETTE LAME AVEC MOI, JE CROIS QUE NOUS NOUS SOMMES DÉJÀ CROISÉS... DONNEZ-MOI LA MAIN... NE CRAIGNEZ RIEN...
??
FILEZ... S'ILS VOUS REPRENNENT, J'Y LAISSERAI MA PEAU!
JE NE VOUS TRAHIRAI PAS...
MARY ?...
JE N'AI JAMAIS PORTÉ CE NOM... LÂCHEZ-MOI !!!
J'AI GRANDI À NEW YORK ET JE N'AI JAMAIS MIS LES PIEDS AU KANSAS!... VOUS TROUVEREZ UN CHEVAL DANS L'ÉCURIE PRIVÉE DU GÉNÉRAL, DERRIÈRE LA MAISON...
ALLEZ-VOUS-EN!
OKAY, MISS... PRENEZ SOIN DE VOUS.
YSWOIS 18 L2P27
...CE REGARD QUI SONDE LES ÂMES... IL ME SEMBLE AUSSI TE CONNAÎTRE !...
MAIS... C'EST IMPOSSIBLE !...
TU AS DISPARU EN MÊME TEMPS QUE TES PARENTS, IL Y A PRESQUE VINGT ANS !...

"FRANK ET SES HOMMES N'ONT QUE TROIS OU QUATRE HEURES D'AVANCE... ILS S'ARRÊTERONT SANS DOUTE POUR BIVOUAQUER ET LAISSER REPOSER LEURS CHEVAUX..."
"IL ME RESTE UNE CHANCE DE REJOINDRE GARNETT AVANT EUX ET D'APPROCHER MARKHAM D'ASSEZ PRÈS..."
"...POUR RÉVEILLER EN LUI DE VIEUX SOUVENIRS!..."
MY GOD!... ILS NOUS ONT SUIVIS JUSQU'ICI!...
YAAARH!
...ET L'HOMME EN NOIR... JE LE RECONNAIS! OOH, NON!
SOUS LE SIÈGE, CACHE-TOI, VITE!
MAIS AVANT QUE JE NE REFERME LE PANNEAU...
...REGARDE BIEN LES LOQUETS... EN HAUT ET EN BAS... TU DEVRAS LES RABATTRE POUR T'ENFERMER DE L'INTÉRIEUR...
YSWOLFS 18 L2 P28

...ET QUOI QUE TU ENTENDES, NE BOUGE PAS...NE FAIS AUCUN BRUIT... TA VIE EN DÉPEND... FERME LE PANNEAU !...
HANK... TU T'OCCUPES DES CHEVAUX !...
BLAM
HOOOO...
SORTEZ DE LÀ !
ET VOUS, SÉNATEUR, LES MAINS EN L'AIR !
YSWOLFS 18 L2 P29

JE NE VOIS PAS VOTRE FILS... OÙ EST-IL ?
À L'ABRI DES MALFAISANTS...
...ET DE CEUX QUI VOUS ONT ENVOYÉS À NOTRE POURSUITE!... JE SUPPOSE QU'ILS VOUS ONT ORDONNÉ DE ME RÉDUIRE AU SILENCE !!?
JE SUIS PRÊT À SACRIFIER MA VIE POUR MES CONVICTIONS, MAIS MON ÉPOUSE N'EST PAS RESPONSABLE DE MES OPINIONS POLITIQUES... DE GRÂCE, ÉPARGNEZ-LA !...
HÉLAS, SÉNATEUR...
...JE N'AI PAS REÇU L'ORDRE DE NÉGOCIER!...
BAOW
ROBERT... OOH, MON DIEU !
LEW, JETTE UN COUP D'ŒIL DANS LA CALÈCHE.
QUANT À TOI, MA BELLE...
...SI TON FILS N'EST PAS DANS CE BUGGY, TU AS INTÉRÊT À ME DONNER L'ENDROIT OÙ VOUS L'AVEZ LAISSÉ!...ET RASSURE-TOI, JE SERAIS LE PREMIER À PASSER UN SALE QUART D'HEURE SI JE NE LE RAMENAIS PAS EN BONNE SANTÉ!...
RETOURNEZ EN ENFER... AUPRÈS DU DÉMON QUI VOUS A ENVOYÉ !...
DITES-LUI QUE MON FILS EST PROTÉGÉ CONTRE LES MALÉFICES DE SATAN... ET QU'IL NE TOMBERA JAMAIS ENTRE SES GRIFFES !...
YSWOIFS 18 L2 P30

* VOIR "LA PISTE DU PRÊCHEUR".

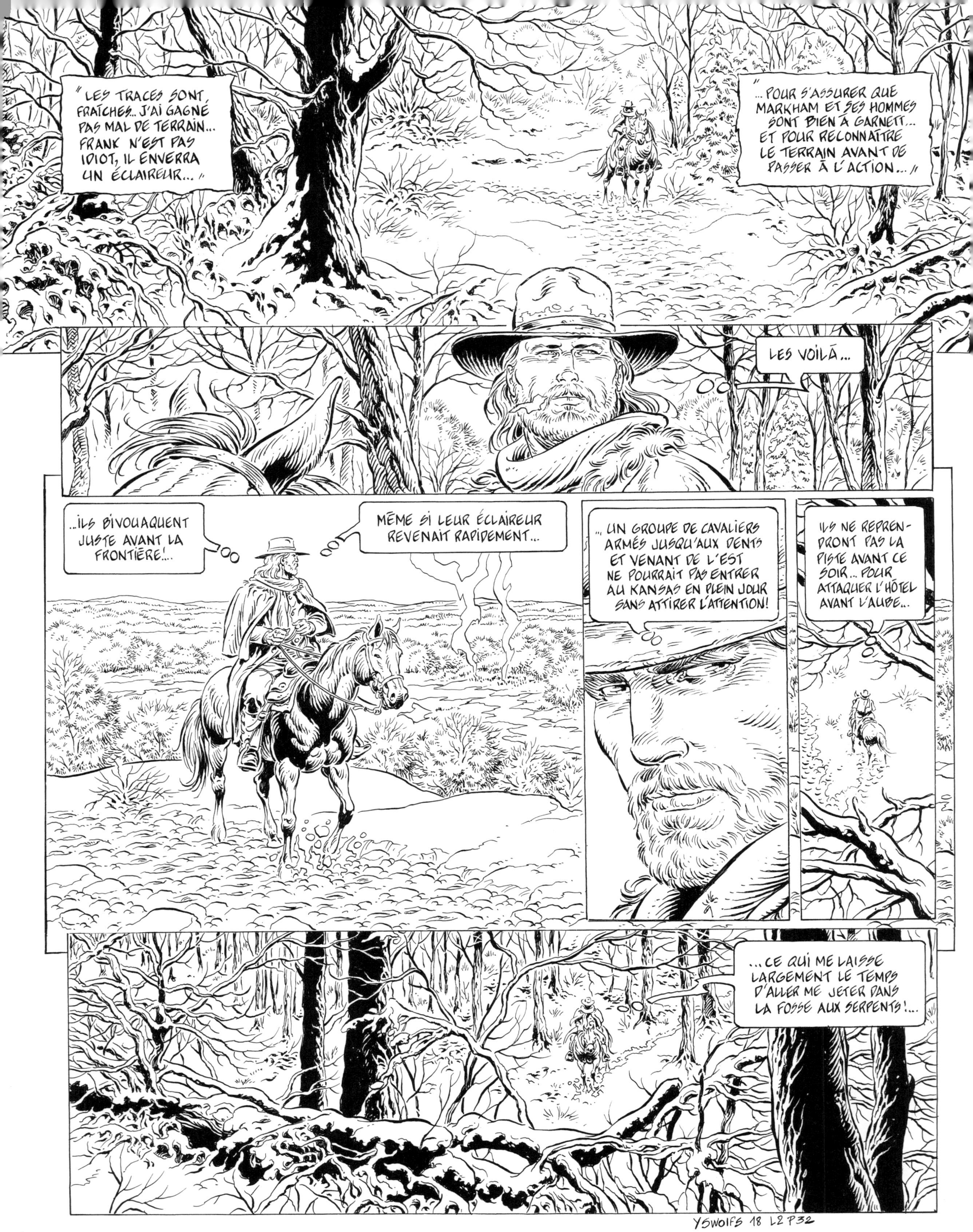

"LES TRACES SONT FRAÎCHES... J'AI GAGNÉ PAS MAL DE TERRAIN... FRANK N'EST PAS IDIOT, IL ENVERRA UN ÉCLAIREUR..."
"... POUR S'ASSURER QUE MARKHAM ET SES HOMMES SONT BIEN À GARNETT... ET POUR RECONNAÎTRE LE TERRAIN AVANT DE PASSER À L'ACTION..."
LES VOILÀ...
..ILS BIVOUAQUENT JUSTE AVANT LA FRONTIÈRE!...
MÊME SI LEUR ÉCLAIREUR REVENAIT RAPIDEMENT...
... UN GROUPE DE CAVALIERS ARMÉS JUSQU'AUX DENTS ET VENANT DE L'EST NE POURRAIT PAS ENTRER AU KANSAS EN PLEIN JOUR SANS ATTIRER L'ATTENTION!
ILS NE REPRENDRONT PAS LA PISTE AVANT CE SOIR... POUR ATTAQUER L'HÔTEL AVANT L'AUBE...
...CE QUI ME LAISSE LARGEMENT LE TEMPS D'ALLER ME JETER DANS LA FOSSE AUX SERPENTS!...
YSWOIFS 18 L2 P32

T'AS INTÉRÊT À AVOIR UNE BONNE RAISON POUR FRAPPER À CETTE PORTE EN PLEINE NUIT... QU'EST-CE QUE TU VEUX ?...
VOIR TON PATRON, C'EST URGENT...
GARNETT GRAND HOTEL
C'EST À MOI DE JUGER SI ÇA VAUT LE COUP DE LE DÉRANGER QUAND IL DORT... ENTRE, MAINS EN L'AIR...
HANK, DÉSARME-LE.
PRENDS TON TEMPS, CHAP... C'EST EFFECTIVEMENT À TOI DE SAVOIR SI TON PATRON TE FÉLICITERA D'AVOIR RESPECTÉ SON SOMMEIL...
...ALORS QU'UNE TRENTAINE DE RUFFIANS VOUS TOMBERONT DESSUS AVANT L'AUBE...
QUOI?...
DAMN! HANK, VA PRÉVENIR MARKHAM ET RÉVEILLE AUSSI LES AUTRES!
WHAT THE HELL!... POURQUOI VOUS NOUS FAITES LEVER EN PLEINE NUIT ALORS QU'ON N'AVAIT PLUS ROUPILLÉ DANS UN LIT DEPUIS UN MOIS ?
CE TYPE PRÉTEND QU'UNE BANDE VENUE DU MISSOURI S'APPRÊTE À ATTAQUER L'HÔTEL!...
BIEN... VOYONS À QUOI RESSEMBLE NOTRE MESSAGER PROVIDENTIEL!...
YSWOIFS 18 L2 P33

AVANT QUE JE NE ME RÉPANDE EN REMERCIEMENTS, DIS-MOI CE QUI NOUS VAUT CETTE BONNE ACTION... ET D'OÙ TU TIENS CETTE INFORMATION...
PERSONNE NE RENDRAIT UN TEL SERVICE SANS EXIGER UNE CONTREPARTIE..
ON EN REPARLERA SI NOUS SORTONS VIVANTS DE CE PÉTRIN...
J'AI RÉUSSI À INFILTRER UNE BANDE DE RUFFIANS, IL Y A DEUX MOIS...
ILS ONT CAPTURÉ VOTRE HOMME QUI DISTRIBUAIT LES PHOTOGRAPHIES À SAINT-LOUIS... ILS L'ONT TRAVAILLÉ JUSQU'À CE QU'IL DONNE L'ENDROIT OÙ IL DEVAIT VOUS REJOINDRE... CET HÔTEL!...
...ILS SONT EN CHEMIN POUR UNE EXPÉDITION PUNITIVE... JE LEUR AI FAUSSÉ COMPAGNIE, MAIS JE N'AI PAS BEAUCOUP D'AVANCE SUR EUX... ILS ATTAQUERONT L'HÔTEL AVANT L'AUBE...
L'AUBE!... C'EST DANS UNE HEURE TOUT AU PLUS!... WHAT THE HELL!...
CE RENSEIGNEMENT VAUT DE L'OR... MAIS, TU ESPIONNAIS CES SALOPARDS AU SERVICE DE QUI?... LA PINKERTON?... LES FOUINEURS DE LINCOLN?...
NON, JE REÇOIS MES ORDRES D'UN OFFICIER DU KANSAS... SORRY, JE NE T'EN DIRAI PAS PLUS...
...MAIS JE RISQUE MA PEAU EN VENANT VOUS REJOINDRE... ÇA DEVRAIT TE SUFFIRE POUR ME FAIRE CONFIANCE!...
JUSTE...
HANK, RENDS-LUI SON ARME, UN TIREUR SUPPLÉMENTAIRE NE SERA PAS DE TROP!...
YSWOLFS 19 L2 P34

ÉTEIGNEZ TOUTES LES LUMIÈRES! JE VEUX UN HOMME DERRIÈRE CHAQUE FENÊTRE...
NE TIREZ QU'À MON SIGNAL... LA PREMIÈRE SALVE RÉVEILLERA LES GENS DE GARNETT ET CES BÂTARDS PERDRONT L'AVANTAGE DU NOMBRE!...
MY GOD... ILS SONT NOMBREUX!
PLANQUEZ-VOUS ET LAISSEZ-LES APPROCHER...
M'SIEUR MARKHAM, ILS ARRIVENT!...
Y A PAS UNE FENÊTRE ÉCLAIRÉE, FRANK... ILS DORMENT COMME DES CROTALES QUI VIENNENT D'AVALER UN LAPIN!...
...Y A QU'À METTRE LE FEU À L'HÔTEL ET ATTENDRE QU'ILS SORTENT POUR LES ABATTRE...
TROP D'HUMIDITÉ... SOYONS PLUS EXPÉDITIFS...
EMMENEZ LES TONNELETS DE POUDRE... J'AI BESOIN DE QUATRE VOLONTAIRES QUI AURONT ASSEZ DE CRAN POUR DESCENDRE ET BALANCER LES EXPLOSIFS CONTRE LA FAÇADE...
DES CANDIDATS AU SUICIDE, TU VEUX DIRE...
Y.SWOLFS 19 L2 P35

JE PARLE DE QUATRE D'ENTRE VOUS QUI AURONT SUFFISAMMENT DE TRIPES POUR GAGNER CINQ CENTS DOLLARS DÈS QUE NOUS RETOURNERONS CHEZ PRICE !...
CINQ CENTS!... TU TROUVES TOUJOURS LE BON ARGUMENT, FRANK!...
J'AI ATTAQUÉ DES BANQUES ET DESCENDU DES TYPES POUR MOINS QUE ÇA!...
OÙ SONT CES FOUTUS TONNELETS?...
ALORS, BANDE DE FILLETTES?... ME DITES PAS QUE JE SUIS LE SEUL À EN AVOIR, DU CRAN!...
DONNE!
YIIIHAAA!
N'ALLUMEZ LES MÈCHES QU'À MI-CHEMIN!...
M'SIEUR MARKHAM, CES FUMIERS ENVOIENT DES ÉCLAIREURS!... POUR L'EFFET DE SURPRISE, ON REPASSERA!...
DAMN!...
ET... MAIS?! ILS PORTENT CHACUN UN PAQUET?!... NON, CE SONT DES... NOM D'UN CHIEN!!!
PAS FORCEMENT!... BAISSEZ-VOUS...
MÊME S'ILS VENAIENT ASSEZ PRÈS POUR REGARDER AUX FENÊTRES, JE DOUTE QU'ILS SOIENT ASSEZ FOUS POUR ENTRER DANS L'HÔTEL!...
YSWOIFS 19 L2 P36

WHAT THE HELL!... ABATTEZ-LES TOUT DE SUITE!
?!! MY GOD!
BAW BLAM
BAOW BLAM
BAW BLAM
OW!
DAMN! ILS ÉTAIENT PRÉVENUS!... ILS NOUS ATTENDAIENT! J'AI ENVOYÉ CES TYPES À LA BOUCHERIE!...
BAOW BLAM
LA MÈCHE N'EST PAS ÉTEINTE...
BANDE D'ENFOIRÉS D'ABOLITIONNISTES... JE SUIS PAS ENCORE... FINI... GH...
BLAM
YSNOIRS 13 LR P 37

GOÛTEZ-MOI ÇA, BANDE DE FILS DE P...
HEY, ATT...
BLAM
HAAAR...
BLAM
BAO
WHAT THE HELL!
PLANQUEZ-VOUS, ÇA VA NOUS SAUTER À LA...
BAOOMM
CALEB... CONTOURNE L'HÔTEL PAR LA GAUCHE AVEC LA MOITIÉ DES HOMMES,..
...VOUS ATTAQUEREZ DU CÔTÉ DE LA GRANDE CHEMINÉE. LA FAÇADE SERA MOINS GARNIE DE FENÊTRES ET DE TIREURS...
LES AUTRES, AVEC MOI...
ON SE CHARGE DU CÔTÉ ÉCURIES ET DE NEUTRALISER LES PÉQUENOTS DE GARNETT!...
YSWOLFS 19 L2 P38

L'HÔTEL VA PARTIR EN FUMÉE! ON VA GRILLER SUR PLACE OU SE FAIRE DESCENDRE!
WHAT THE HELL, RESSAISISSEZ-VOUS!... LE BÂTIMENT A TENU LE COUP, SEULE L'AILE GAUCHE EST TOUCHÉE...
QUI M'A FOUTU UNE BANDE DE COUARDS PAREILS?! LES GENS DE GARNETT SONT CERTAINEMENT RÉVEILLÉS DEPUIS L'EXPLOSION!
REGAGNEZ VOS POSTES!...
SI CES FUMIERS TENTENT DE NOUS ATTAQUER DU CÔTÉ DES ÉCURIES, ON SAURA LES RECEVOIR!...
VOUS QUATRE, AVEC MOI... ET PRENEZ VOS MANTEAUX... S'AGIRA DE NE PAS GELER SI LE SIÈGE SE PROLONGE!...
DÉFENDRE LES ÉCURIES... BEN VOYONS!...
IL VA TENTER LE COUP! IL RESTE QUELQUES MINUTES AVANT QUE LES RUFFIANS NE NOUS TOMBENT DESSUS!...
VOILÀ POURQUOI J'AI ORDONNÉ DE NE PAS DESSELLER LES CHEVAUX!
HEY, M'SIEUR MARKHAM!... VOUS NE COMPTEZ PAS PRENDRE LE LARGE ET ABANDONNER LES AUTRES?
JE N'AI PAS LE CHOIX...
...IL FAUT QUE JE ME PRÉSERVE!... MA MISSION ICI-BAS N'EST PAS TERMINÉE!... C'EST LA VOLONTÉ DE DIEU, ET ESTIMEZ-VOUS HEUREUX D'ÊTRE PARMI CEUX QUE J'AI CHOISIS POUR M'AIDER À ACCOMPLIR SON OEUVRE!...
YAAARH...
Y.Swolfs 19 L2 P39

LE PRÊCHEUR LÂCHE LA BANDE D'ABRUTIS À QUI IL A BOURRÉ LE CRÂNE! POURQUOI JE NE SUIS PAS ÉTONNÉ ?!...
LE BON CÔTÉ... JE N'AURAI PLUS QUE QUATRE TYPES À ÉLIMINER POUR QU'ON SE RETROUVE ENTRE QUAT'Z'YEUX!...
ÇA DEVIENT JOUABLE... À CONDITION DE SORTIR DE CE MERDIER...
...AVANT DE SE FAIRE DESCENDRE!
TAK
BAOW
BLAM
BLAOW
JUSTE À TEMPS!...
BLAM PAW PAW
FRANK PASSE À L'ATTAQUE... C'EST LE MOMENT D'EN FINIR AVEC CES SALOPARDS!...
CAL... J'EN VOIS CINQ QUI ESSAYENT DE PRENDRE LE LARGE!...
JE SAIS! MAIS FRANK NOUS ATTEND... FAUT LES DÉGOMMER AVANT QU'ILS N'ATTEIGNENT LA PISTE EN CONTREBAS!
CE FOUTU PRÊCHEUR EST CERTAINEMENT DANS LE LOT!... ON NE PEUT PAS LES LAISSER FILER!...
BLAM
BAW
Y.SWOLFS 19 L2P40

BLAM BLAM BLAOW
BAW BLAOM PAW BLAM BLAM PAW BLAM
OW!
ILS ONT EU JOE !...
BAW BLAM PAW
T'OCCUPE PAS DE LUI... ON EST PRESQUE TIRÉS D'AFFAIRE!
YIHAA ! ON A RÉUSSI !...
YEP... MAIS LE BOSS A PRIS UNE BALLE DANS LA CUISSE !...
JE TIENDRAI LE COUP... PAS QUESTION DE RALENTIR !...
DAMN... ILS ÉTAIENT TROP LOIN... ET AVEC CETTE FOUTUE BRUME !
SI JE METS LA MAIN SUR CE PRÊCHEUR, JE SERAI LE HÉROS DE LA JOURNÉE !
MAIS FRANK N'AIMERA PAS QUE JE CHANGE SES PLANS...
JE FAIS QUOI, NOM D'UN CHIEN ?
CAL... Y A UN AUTRE CANASSON QUI SUIT LA TRACE DES AUTRES... ON DIRAIT QU'IL SAIT EXACTEMENT OÙ ALLER... SANS CAVALIER POUR LE GUIDER !...
BIZARRE, NON ?
YSWOIFS 19 L2 P41

S'ILS DÉCIDENT DE NOUS POURSUIVRE, MON COLT NE SUFFIRA PAS À LES MAINTENIR À DISTANCE !...
SI JE TIENS À RÉCUPÉRER UNE CARABINE, C'EST MAINTENANT !
UN CHEVAL SANS CAVALIER... TU PARLES ! CE TYPE EST BIEN PLUS FUTÉ QUE LES AUTRES... IL SE PLANQUE DERRIÈRE SA MONTURE, COMME LES INDIENS !...
COMME LES INDIENS ?! BLOODY HELL !
YSWOLFS 19 L2 P42
SIX HOMMES AVEC MOI... LES AUTRES, REJOIGNEZ FRANK À L'HÔTEL...
CAL... C'EST PAS TROP RISQUÉ DE S'ENFONCER PLUS LOIN DANS LE PAYS EN PLEIN JOUR ?
ILS N'ONT PAS BEAUCOUP D'AVANCE... ON VA SE PAYER CETTE BANDE DE SALOPARDS...
ET SURTOUT LE FILS DE CHIENNE AUQUEL JE PENSE...
JE L'ÉCORCHERAI VIF, DE HAUT EN BAS... EN PRENANT TOUT MON TEMPS.
VOILÀ POURQUOI CES BÂTARDS NOUS ATTENDAIENT !... CETTE SALETÉ D'ESPION LES A PRÉVENUS !... MAIS COMMENT A-T-IL PU S'ÉCHAPPER DES CAGES DE PRICE ?... JE LUI FERAI CRACHER LE MORCEAU !...

SHIT !... DÉJÀ !... SEPT OU HUIT !...
... ET AU RYTHME OÙ ÇA AVANCE DEVANT, ILS NOUS TOMBERONT DESSUS EN MOINS DE DEUX !
PLUS VITE, BON SANG, ILS SONT JUSTE DERRIÈRE MOI !
ON NE PEUT PAS, MARKHAM EST TOUCHÉ !
IL NE TIENDRA PLUS TRÈS LONGTEMPS EN SELLE... À MOINS DE LE LAISSER, ON EST...
PAS QUESTION DE L'ABANDONNER.
DÉCIDÉMENT, L'ESPION, TU NE ME LÂCHES PAS D'UNE SEMELLE ! DIS-MOI, TU DOIS AVOIR DE SACRÉES BONNES RAISONS POUR JOUER LES ANGES GARDIENS !? ... JE N'AI JAMAIS CRU AUX BONS SAMARITAINS QUI TIRENT LES AUTRES D'UN MERDIER SANS RIEN ATTENDRE EN RETOUR !
JE SUIS COMME TOI, PRÊCHEUR, J'ESSAYE DE SAUVER MA PEAU... ET ON N'A PAS LE TEMPS DE PALABRER... POUR SORTIR DE CE PÉTRIN, JE NE VOIS QU'UNE SOLUTION...
... TU CONTINUES SEUL OU AVEC UN DE TES HOMMES SI TU N'ES PAS EN ÉTAT... LES AUTRES RESTENT AVEC MOI... L'ENDROIT N'EST PAS TROP MAL CHOISI POUR UNE EMBUSCADE, MAIS...
... IL NE NOUS RESTE QUE QUELQUES MINUTES POUR L'ORGANISER...
EUH... M'SIEUR MARKHAM ?
IL A RAISON... ET ON N'A PAS LE TEMPS DE TIRER AU SORT.
NOLAN, TU VIENS AVEC MOI... ON LAISSERA VOS CHEVAUX HORS DE VUE, UN PEU PLUS LOIN.
OKAY... PIED À TERRE, VITE !
YSWOLFS 19 L2 P43

MARKHAM A TORT DE FAIRE CONFIANCE À CE TYPE... ON NE SAIT MÊME PAS D'OÙ IL SORT !...
SI T'AVAIS UNE MEILLEURE SOLUTION À PROPOSER POUR NOUS SORTIR DE CE FOUTOIR, FALLAIT PAS TE GÊNER !...
FUCK ! ON ENTEND DÉJÀ LES CHEVAUX !... QU'EST-CE QU'IL ATTEND POUR TIRER ?
LA PREMIÈRE CHAMBRE EST VIDE... J'AI CINQ BALLES DANS LE BARILLET... SI LES DEUX AUTRES NE LOUPENT PAS LEUR CIBLE ...
...ÇA FERA LE COMPTE !!!
BLAOW
OW!...
ÇA VIENT DE LÀ-HAUT ! DAMN !
HEY ?! ATTENTION, DEVANT !
CALEB... ON LES A SOUS-ESTIMÉS... ON N'EST PAS ASSEZ NOMBREUX !...
BAOW
BLAM BLAM
YSWOLFS 19 L2 P44

ON VA TOUS Y PASSER... DEMI-TOUR!...
BLAW
BAOW BLAM
BLAOW
TERMINÉ!... ET AVEC CE QUI LUI RESTE COMME EFFECTIFS, FRANK N'Y REVIENDRA PAS!...IL REGAGNERA LE MISSOURI AU GRAND GALOP!...
CES COUARDS ME LÂCHENT... MAIS... J'AI PAS DIT MON DERNIER MOT!...HG...
TSS... TSS!...
JE SUIS PAS ÉTONNÉ, "INJUN SUCKER"... C'EST TOI QUI LES AS PRÉVENUS... MAIS... DIS-MOI...
... QUI T'A AIDÉ ?! ON NE S'ÉCHAPPE PAS DES CAGES À ESCLAVES SANS UN... COUP DE MAIN DE L'EXTÉRIEUR!...
INDÉCROTTABLE!...MÊME AVANT DE MOURIR, TU CONTINUES À POSER DES QUESTIONS!
YSWOIFS 19 L2 P45

YSWOLFS 19 L2 P46

YSWOLFS 19 L2 P47

* VOIR "LA PISTE DU PRÊCHEUR".

YSWOIFS L2 P48

* VOIR "LA PISTE DU PRÊCHEUR".

YSWOLFS13 L2 P49

...TU COMPTES POURRIR DANS CE BOIS AVEC LES RÉPONSES À TES QUESTIONS ?!
BAOW
TCHOK
TOOUW
UN SHARPS... IL DOIT RECHARGER... J'AI QUELQUES SECONDES POUR ME PLACER...
... ET GRÂCE À LA FUMÉE...
... JE SAIS OÙ TU TE PLANQUES !...
BLAM
BLAM
YSWOLFS19 L2 P50

TU ES TROP LENT, PRÊCHEUR...
...ET TU AS COMMIS UNE ERREUR...
...PENDANT QU'ON DISCUTAIT, TON REGARD M'A INDIQUÉ DEUX FOIS L'ENDROIT OÙ SE PLANQUAIT TON TIREUR... DANS MON DOS, À GAUCHE...
ATTENDS... ON PEUT S'ARRANGER...
NON... ON NE PEUT PAS !...
BAOW
"HARPER AVAIT CITÉ LE NOM DE DAWSON, LUI AUSSI*..."
"...CE SÉNATEUR QUI LUI INSPIRAIT TANT DE CRAINTE... ASSEZ PUISSANT POUR DONNER DES ORDRES AUX BANQUIERS ET À DES TUEURS COMME MARKHAM !..."
"CE DAWSON DÉTIENT LES VÉRITÉS QUE JE CHERCHE... À NEW YORK..."
"QUAND LE VIEUX LEMMY FORÇAIT SUR LE TORD-BOYAUX, IL ME PARLAIT DE CETTE VILLE IMMENSE OÙ IL AVAIT GRANDI..."
"...ET OÙ LES RÈGLES DE SURVIE N'AVAIENT PAS GRAND-CHOSE EN COMMUN AVEC CELLES QU'ON APPREND DANS LES PLAINES DU KANSAS !..."
* VOIR "LA PISTE DU PRÊCHEUR".

...VOUS ME DITES QUE MARKHAM A ÉTÉ ABATTU PAR DES RUFFIANS !... C'EST FÂCHEUX ! NOUS PERDONS UN ÉLÉMENT DÉVOUÉ ET EFFICACE...
...MAIS AVIEZ-VOUS UN TÉMOIN SUR PLACE QUI VOUS AURAIT FAIT PART DES CIRCONSTANCES EXACTES DE SA MORT ?... J'EN DOUTE !...
J'AI PRIS LA PEINE DE VOUS FAIRE VENIR JUSQU'ICI, À NEW YORK, APRÈS AVOIR REÇU UN COURRIER VENANT DU MISSOURI !
FIGUREZ-VOUS QUE DES HOMMES AUX ORDRES DE MON CORRESPONDANT ONT CAPTURÉ UN INDIVIDU QUI PRÉTENDAIT POURSUIVRE MARKHAM POUR DES RAISONS PERSONNELLES... C'ÉTAIT IL Y A UN MOIS...
EUH... JE NE VOIS PAS EN QUOI CET ÉVÉNEMENT ME CONCERNE, MONSIEUR !
IL S'AGISSAIT PROBABLEMENT D'UN ESPION... FORT HABILE PAR AILLEURS... IL LEUR A FAUSSÉ COMPAGNIE DE MANIÈRE INCOMPRÉHENSIBLE... ET J'EN VIENS À L'ASPECT LE PLUS PRÉOCCUPANT DE CET ÉVÉNEMENT...
...L'ESPION PORTAIT SUR LUI CE CARNET, DONT LE CONTENU AURAIT PU NOUS COMPROMETTRE S'IL N'AVAIT PAS ÉTÉ RÉCUPÉRÉ PAR LE PLUS HEUREUX DES HASARDS !...
ON Y RETROUVE LES NOMS DE NOS AMIS BANQUIERS... Y COMPRIS CEUX DE L'ÉTRANGER...
ON Y DÉVOILE AUSSI UNE PARTIE DE NOS PROJETS... AVEC DES DÉTAILS QUE SEULS LES MEMBRES D'UN CERCLE RESTREINT D'INITIÉS POUVAIENT CONNAÎTRE !...
CE CARNET CONTIENT EN OUTRE LES NOMS DE TROIS FOUILLE-MERDES... DONT DEUX TRAVAILLENT POUR DES JOURNAUX NEW-YORKAIS !
NOUS NE TARDERONS PAS À METTRE LA MAIN SUR CES SCRIBOUILLARDS...
...ET NOUS FERONS EN SORTE QU'ILS NOUS LIVRENT LE NOM DU TRAÎTRE RESPONSABLE DE CES FUITES !
MAIS LÀ OÙ CE MAUDIT CARNET VOUS CONCERNE PARTICULIÈREMENT, HARPER...
YSWOIFS19 L2P52

...C'EST QU'IL EST L'ŒUVRE DE LEUR CORRESPONDANT CHEZ VOUS, AU KANSAS!... UN CERTAIN MARCUS PEWEY, QUI SÉVISSAIT SOUS VOTRE NEZ, À HOLTON!
MARCUS? MAIS...
NOUS L'AVONS ÉLIMINÉ... IL NE CONSTITUE PLUS LA MOINDRE MENACE!...
CONTRAIREMENT À CE TYPE BARBU ET AUX CHEVEUX LONGS QUI CONTINUE À SE BALADER DANS LA NATURE ET QUI ÉTAIT EN POSSESSION DU CARNET!...
IL N'A PU RENCONTRER CE MARCUS QUE DANS VOTRE VILLE!...
QUOI?... C'EST LUI VOTRE ESPION? MAIS IL ÉTAIT EMPRISONNÉ ET LE MARSHAL LONGBAUGH, QUI TRAVAILLE POUR MOI, L'A PRIS EN CHARGE!
IL AVAIT ORDRE DE L'ABATTRE ENTRE HOLTON ET LAWRENCE!
EH BIEN, IL SEMBLE QUE VOTRE HOMME AIT L'ART DE SE TIRER À SON AVANTAGE DES SITUATIONS DÉLICATES...
...ET VOUS SEMBLEZ BIEN LE CONNAÎTRE...
LUI AVEZ-VOUS PARLÉ? AVEZ-VOUS RÉPONDU DE MANIÈRE IMPRUDENTE À DES QUESTIONS?...
MAIS NON... JE... JE L'AI JUSTE CROISÉ... ET JE N'AI PAS CITÉ VOTRE NOM. EUH... JE VEUX DIRE...
VOUS SUEZ COMME UN BŒUF, HARPER!
SIR MORGAN, VEUILLEZ ME DÉBARRASSER DE CET ANCIEN ASSOCIÉ... IL N'A PLUS SA PLACE PARMI NOUS!
NON, SÉNATEUR, ATTENDEZ, LAISSEZ-MOI LE TEMPS DE...
...VOUS EXPLIQUER...
YSWOLFS 19 L2 P53

HHRGL!
DÉSOLÉ, HARPER, MAIS JE NE PEUX ME PAYER LE LUXE D'ÉPARGNER DES INDIVIDUS FAIBLES ET TROP BAVARDS SUSCEPTIBLES DE METTRE L'ORGANISATION EN DANGER !...
LAISSEZ-VOUS FAIRE, CE NE SERA PAS LONG...
MORGAN, ÔTEZ CE DÉCHET DE MA VUE, JE VOUS PRIE...
HG...
... ET VEILLEZ À CE QUE SA DÉPOUILLE DISPARAISSE DÉFINITIVEMENT !...
YSWOIFS 19 LR P54
FIN
DE L'ÉPISODE